Oetinger

Christine Nöstlinger

ROSALINDE hat Gedanken im Kopf

Zeichnungen von
Franziska Harvey

Verlag Friedrich Oetinger · Hamburg

MIX
Papier | Fördert gute Waldnutzung
FSC® C002795
www.fsc.org

3. Auflage

Max-Brauer-Allee 34, 22765 Hamburg

Umschlaggestaltung und Illustrationen von Franziska Harvey
Druck und Bindung: Livonia Print SIA,
Jūrkalnes iela 15/25, LV-1046 Riga, Lettland
*Printed 2025/3
ISBN 978-3-7891-0463-3

www.oetinger.de

Rosalinde hat ein Loch im Socken.
Rosalinde hat einen Verband ums Knie.
Rosalinde hat einen Marienkäfer in der Hand.
Rosalinde hat eine Kette um den Hals.
Rosalinde hat Gedanken im Kopf.

Die Mama sieht das Loch im Socken.
Der Papa sieht den Verband ums Knie.
Die Katze sieht den Marienkäfer in der Hand.
Die Oma sieht die Kette um den Hals.
Die Gedanken im Kopf sieht niemand.

»Das ist sehr gut so!«, sagt Rosalinde.

Der Opa behauptet, er kennt Rosalindes Gedanken im Kopf trotzdem. »Wenn du denkst und dabei Nase bohrst«, sagt er, »dann hast du Einmaleins-Gedanken im Kopf!«

»Wenn du denkst und dabei deine Zungenspitze aus dem Mund schaut, hast du Kleinschreib-Großschreib-stumme-H-Gedanken im Kopf«, sagt er.

»Und wenn du denkst und dabei die Augen zukneifst und ganz dünne Lippen bekommst, dann hast du Wut-auf-jemanden-Gedanken im Kopf«, sagt er.

»Und wenn du beim Denken runde Glitzeraugen und feuchte Lippen bekommst, dann hast du Schlagobers-Torte-möchte-ich-Gedanken im Kopf«, sagt er.

Der Opa sagt, er hat Rosalinde jahrelang genau beobachtet, er weiß Bescheid. Er kennt sich in Rosalindes Kopf so gut aus wie in seinem eigenen.

Rosalinde geht in ihr Zimmer und setzt sich vor den großen Spiegel und denkt und schaut die Rosalinde im Spiegel an. Eine ganze Stunde sitzt Rosalinde und denkt und schaut. Dann steht sie auf und sucht den Opa.

Der Opa ist in der Küche. Er repariert das Bügeleisen. Der Knopf, mit dem man die Temperatur einstellt, lässt sich nicht mehr drehen, wenn das Bügeleisen heiß ist.

Die Oma steht neben dem Opa und ist grantig.

Sie will nicht, dass der Opa das Bügeleisen repariert.

Sie will ein neues Bügeleisen kaufen.

»Immer nur laufen und kaufen«, schimpft der Opa. »Du hast nichts anderes als Kaufenlaufen im Kopf.«

Die Oma sagt: »Das Bügeleisen ist schon zehn Jahre alt. Bügeleisen repariert man heutzutage nimmer. Das hat mir der Elektriker gesagt.«

»So ein Bügeleisen kann hundert werden, wenn man gut drauf aufpasst«, sagt der Opa.

»So was von einem alten Geizer und Knicker wie dich gibt es auf der Welt kein zweites Mal ...«, sagt die Oma und hört zu reden auf, weil Rosalinde in die Küche kommt und weil Erwachsene vor Kindern nicht streiten sollen.

Rosalinde geht zum Opa, verschränkt die Arme über der Brust und fragt: »Na?«

Der Opa legt den Knopf vom Bügeleisen, den

er in der Hand gehalten hat, auf den Küchentisch, schaut Rosalinde an und fragt: »Was, *na*?«

»Na, was hab ich jetzt für Gedanken im Kopf?«, fragt Rosalinde. »So sag es schon!«, verlangt sie.

Der Opa erklärt, da muss er zuerst die Brille putzen, damit er Rosalindes Gesicht genau sehen kann. Er nimmt die Brille von der Nase und das Taschentuch aus der Hosentasche.

Er spuckt auf die Brillengläser und reibt sie mit dem Taschentuch blank.

Die Oma ruft empört: »Wie willst du denn mein Bügeleisen reparieren, wenn deine Brille so dreckig ist, dass du nicht durchschauen kannst?«

Der Opa sagt der Oma, dass man die Gedanken im Kopf doch nicht mit dem Bügeleisen vergleichen kann. Bügeleisen sind groß und hart und fest. Gedanken sind zart und durchsichtig und fein. Für Gedanken braucht man eine erstklassig polierte Brille ohne ein einziges, winziges Staubkorn darauf. Das Bügeleisen, sagt der Opa, sieht er auch ohne Brille. Er ist ja nicht blind!

Der Opa setzt die Brille wieder auf.

»Und draufspucken gehört sich auch nicht!«, sagt die Oma. »Das ist ungezogen!«

Der Opa schaut Rosalinde an. Ganz genau

schaut er sie durch die Brille an. Er sagt: »Rosalinde, deine Unterlippe zittert grämig, deine Augenlider sind gesenkt, traurige Schatten werfen deine Wimpern auf deine bleichen Wangen. Du denkst traurige Gedanken, sehr, sehr traurige Gedanken, mein Kind!« Rosalinde seufzt und macht die Augen noch ein bisschen mehr zu. Ihre Lippen zucken.

»Natürlich!«, ruft der Opa. »Aber natürlich! Jetzt habe ich es! Du denkst daran, dass du nächsten Mittwoch Geburtstag hast und dass dir kein Mensch den ferngesteuerten Bagger schenken wird, weil du leider ein Mädchen bist!«

Rosalinde lacht. Sie schreit: »Verkehrt, verkehrt! Total falsch! Reingefallen und auf den Leim gegangen!« Rosalinde hüpft auf einem Bein um den Küchentisch und den Opa herum. »Ich habe wunderschöne Gedanken im Kopf gehabt«, sagt sie. »Ich habe daran gedacht, dass ich nächsten Mittwoch zum Geburtstag unter Garantie den ferngesteuerten Bagger von dir bekomme. Und dann habe ich daran gedacht, wie wir zwei zusammen mit dem Bagger spielen werden!«

Rosalinde ist ganz sicher, dass ihr der Opa zum Geburtstag den Bagger schenken wird. Gestern nämlich ist der Opa mit einer großen Tragtasche nach Hause gekommen. Die Ecke von einer roten Schachtel hat aus der Tasche herausgeschaut. Der Bagger, den sich Rosalinde wünscht, wird in genau so einer roten Schachtel verkauft. SPIEL & SPORT MEIER, hat auf der Tragtasche gestanden. Der Bagger, den sich Rosalinde wünscht, steht in der Auslage von SPIEL & SPORT MEIER.

Der Opa ist gestern mit der großen Tragtasche blitzschnell in sein Zimmer hinein und hat sie in den Schrank getan und den Schrank zugesperrt. Sonst versperrt der Opa seinen Schrank nie.

Rosalinde hat den Opa hinterher gefragt, was er denn in der Tragtasche nach Hause gebracht hat. Da hat der Opa behauptet, neue Angelhaken für seine Angel seien in der Tasche gewesen.

Aber seit wann verpackt man winzige Angelhaken in riesige, rote Schachteln und versperrt sie im Schrank?

Nein, nein, ein Bagger war in der Tragtasche! Ein erstklassiger, ferngesteuerter Bagger!

Der Opa schüttelt den Kopf. Er sucht im Werkzeugkasten nach einer kleinen Schraube und sagt: »Erstens, liebes Kind, kriegst du von mir keinen Bagger, weil Bagger nur ein Spielzeug für Buben sind …«

»Und zweitens«, unterbricht ihn die Oma, »kriegst du keinen Bagger von ihm, weil Bagger sehr teuer sind, liebes Kind. Ein Mann, der seiner Frau nicht einmal alle zehn Jahre ein neues Bügeleisen gönnt, kauft doch seiner Enkeltochter keinen Bagger. Der kauft ihr zum Geburtstag einen Zuckerschlecker im Sonderangebot!«

»Und drittens«, sagt der Opa, »möchte ich wissen, wieso du ein Trauergesicht machst, wenn du an den Bagger denkst? Willst du ihn nicht mehr? Willst du launenhaftes Weib jetzt vielleicht schon wieder etwas anderes?«

Rosalinde grinst. Sie sagt: »Das Trauergesicht war nur Tarnung. Ich habe ein Trauergesicht zu Freudengedanken gemacht. Ich kann aber auch an etwas Trauriges denken und dabei lachen!«

»Nie im Leben!«, sagt der Opa.

»Doch!«, sagt Rosalinde.

»Dann denk daran, dass die Katze die Masern bekommt und stirbt! Und lach dazu«, verlangt der Opa.

»An so etwas denke ich doch nicht!«, ruft Rosalinde entrüstet.

»Recht hat das Kind«, sagt die Oma. »Solche Gedanken hat man gar nicht zu haben!«

»Dann denk daran, dass es heute zum Nachtmahl grasgrünen Spinat gibt, und lach dazu«, verlangt der Opa.

Die Oma flüstert: »Zum Nachtmahl koche ich heute Kaiserschmarrn!«

Kaiserschmarrn mag Rosalinde fast so gern wie Schlagobers-Torte.

Rosalinde denkt an SPINAT und lacht dazu.

»Denk daran, dass du morgen eine Rechenarbeit schreibst, und lach dazu«, verlangt der Opa.

Die Rechenarbeit ist auf nächste Woche verschoben worden, weil Rosalindes Lehrerin krank geworden ist, aber das weiß der Opa noch nicht.

Rosalinde denkt: RECHENARBEIT, und lacht dazu.

»Denk daran, dass du mit dem Fredi total zerstritten bist, und lach dazu«, verlangt der Opa.

Der Fredi ist Rosalindes bester Freund, und heute nach der Schule hat sie sich wieder mit ihm versöhnt, doch dem Opa hat Rosalinde das noch nicht erzählt.

Rosalinde denkt: SCHRECKLICHER STREIT MIT FREDI, und lacht dazu.

»Alle Achtung, alle Achtung«, murmelt der

Opa, »das hätte ich wahrlich nicht für möglich gehalten!«

Der Opa kratzt sich auf der Glatze und starrt Rosalinde an. Er sagt: »Ich erkenne dich nicht wieder! Du bist ein völlig neuer Mensch geworden!«

»Ist das ein Lob?«, fragt Rosalinde.

Der Opa kratzt sich noch immer auf der Glatze. Er seufzt, dann sagt er: »Das kann ich noch nicht sagen. Das kann ich erst dann sagen, wenn ich mich in deinem Kopf wieder auskenne.«

»Das kann jahrelang dauern«, sagt Rosalinde.

Rosalinde hat auch Gedanken im Kopf, die sie niemandem erzählen kann. Ganz geheime Gedanken. So ein Gedanke in Rosalindes Kopf ist der »Wo-ist-der-Bügeleisenknopf-Gedanke«.

Die Sache ist die:

Vor Rosalindes Küche ist ein Küchenbalkon. Dort, wo bei anderen Leuten ein Küchenfenster ist, ist bei Rosalinde eine Tür mit Glasscheiben, und vor dieser Tür ist der Balkon. Ein sehr kleiner Balkon ist das. Der ist nicht viel größer als ein mittleres Badetuch. Die Oma nennt den Balkon: »mein Gewürzgarten«. Die Oma hat zwei Blumentöpfe auf dem Balkon stehen. In einem sollte Schnittlauch wachsen, im anderen Liebstöckel. Die Oma gießt ihre zwei Blumentöpfe jeden Tag und düngt sie einmal in der Woche, aber da wächst trotzdem nichts Grünes hoch, denn kaum hat sich ein winziges Hälmchen Schnittlauch und ein kleines Blättchen Liebstöckel durch die schwarze Erde gebohrt, kommt die Katze und frisst es weg. Die Oma hat in einem dritten Blumentopf Katzengras angebaut, damit die Katze Schnittlauch und Liebstöckel in Frieden lässt, doch die Katze schaut das Katzengras nicht einmal an; so gut ihr auch die Oma zuredet. Die Katze mag nur jungen Schnittlauch und zarten Liebstöckel. Darum hat die Oma ein Balkonverbot für die Katze ausgesprochen.

»Das Biest, das verflixte«, hat die Oma gesagt, »kommt mir nicht mehr auf den Balkon hinaus! Ich lass mir doch meinen schönen Gewürzgarten nicht ruinieren!«

Aber Katzen, das weiß jeder Mensch, lieben Balkons und die Sonne, die daraufscheint. Und Katzen, das weiß auch jeder Mensch, lassen sich durch Verbote nicht so einfach abhalten. Von Balkons schon gar nicht. Katzen, die hocken still unter dem Küchentisch, keiner im Haus hat eine Ahnung, dass sie überhaupt dort sind – und kaum macht jemand die Balkontür auf, ist die Katze draußen auf dem Balkon und sitzt zwischen dem Schnittlauch und dem Liebstöckel und denkt gar nicht daran, in die Küche zurückzukommen.

Sie kommt nicht einmal dann, wenn die Oma sie mit einem Schinkenstückchen lockt. Die Oma kann aber auch nicht auf den Balkon gehen, die Katze packen und in die Küche tragen, weil die Katze viel flinker als die Oma ist. Sieht die Katze, dass die Oma schimpfend zur Balkontür kommt, springt sie zuerst auf das Balkongeländer und vom Balkongeländer in die Dachrinne. In der Dachrinne hockt die Katze dann stundenlang, und die ganze Familie zittert, ob die Katze – ohne abzustürzen – wieder auf den Balkon zurückspringen kann. Rosalindes Wohnung ist nämlich im fünften Stock!

An dem Nachmittag, wo der Opa das Bügeleisen reparierte und Rosalinde zu lustigen Gedanken ein Trauergesicht und zu Trauergedanken ein lustiges Gesicht gemacht hatte – an dem Nachmittag, gleich nachdem der Opa gesagt hatte, dass aus Rosalinde ein neuer Mensch geworden ist, ist Rosalinde auf den Küchenbalkon hinausgegangen.

Und dort ist die Katze gewesen. Zwischen dem Schnittlauch und dem Liebstöckel hat sie gelegen. Zu einer dicken Kugel zusammengerollt, hat sie friedlich geschlafen.

Rosalinde hat ungefähr eine halbe Stunde neben der Katze gehockt und versucht, sie zum Spielen zu bringen. Zwischen den Ohren hat sie die Katze gekrault. Am Schwanz hat sie die Katze gezogen. In den Bauch hat sie die Katze gestupst. Einen Bindfaden hat sie vor der Katze baumeln lassen. »Miez-Miez-Maus-Maus«, hat sie der Katze ins Ohr geflüstert.

Aber Katzen sind stur. Wenn sie schlafen wollen, dann schlafen sie. Katzen haben mit kleinen Mädchen, denen es langweilig ist, kein Mitleid.

Nach einer halben Stunde ist Rosalinde wieder in die Küche zurückgegangen, weil die Katze böse geknurrt und zehn scharfe Krallen in Rosalindes stupsenden Finger geschlagen hat.

In der Küche waren noch immer der Opa und die Oma. Der Opa kroch auf allen vieren auf dem Fliesenboden herum und fluchte. Er suchte nach dem Bügeleisenknopf, mit dem man die Temperatur zum Bügeln einstellen kann.

»Verdammt und zugenäht, verflixt und aufgetrennt«, murmelte der Opa und stocherte mit dem Handfeger unter dem Küchenschrank herum. »Der saublöde Knopf muss doch wo zu finden sein!«

Aber der Bügeleisenknopf war nirgendwo. Weder unter dem Gasherd noch hinter dem Eisschrank noch unter dem Tisch.

»Ins Vorzimmer wird er hinausgerollt sein«, sagte der Opa und kroch zur Küchentür hinaus.

Die Oma stand am Gasherd und rührte in einem großen Topf. Gulaschsuppe war in dem Topf.

»Den Knopf hat sicher die Katze«, sagte die Oma. »Garantiert hat die Katze den Knopf gemaust und ist auf und davon mit ihm! Den findet der Opa nie wieder!«

»Blödsinn!«, rief der Opa vom Vorzimmer her. »Die Katze war überhaupt nicht in der Küche! Die kann ihn nicht haben!«

Die Oma rührte in der Gulaschsuppe und sagte:

»Die Katze ist immer dort, wo man sie nicht sieht. Das weiß jeder. Und Knöpfe verschleppt sie andauernd. Das weiß jeder. Deinen schwarzen Mantelknopf hat sie auch gestohlen. Erinnerst du dich nicht mehr?«

Den schwarzen Mantelknopf vom Opa hatte die Katze tatsächlich gestohlen. Das hatte jeder in der Familie gesehen.

Die Oma hatte damals im Wohnzimmer gesessen, hatte den Mantel vom Opa auf dem Schoß gehabt und gerade den schwarzen Zwirn ins Nadelöhr gefädelt, da war die Katze auf den Tisch gesprungen, hatte sich den Mantelknopf ins Maul gepackt und war vom Tisch gesprungen, bevor die Oma noch »Halt, hiergeblieben!« hatte rufen können.

Zwei Tage lang hatte damals die ganze Familie nach dem schwarzen Mantelknopf gesucht. Erst beim Osterputz hatte ihn die Mama dann in der obersten Reihe der Bücherstellage gefunden. Aber da war längst ein Ersatzknopf am Mantel vom Opa gewesen.

Rosalinde sagte zur Oma: »Den Bügeleisenknopf kann die Katze nicht haben. Die Katze war die ganze Zeit auf dem Balkon draußen. Ehrlich! Da bin ich Zeuge!«

»Papperlapapp!«, sagte die Oma und rührte unheimlich schnell in ihrem Gulaschtopf. »Papperlapapp, was weißt denn du? Die Katze muss ihn geholt haben! Sonst wäre er ja hier!«

Und zum Opa, ins Vorzimmer hinaus, rief die Oma: »So hör doch endlich zu suchen auf! Das hat keinen Sinn. Die Katze hat den Knopf!«

Der Opa glaubte das nicht und suchte noch lange nach dem Bügeleisenknopf, und Rosalinde glaubte es auch nicht und half dem Opa beim Suchen. Der Opa und Rosalinde suchten sogar an Orten und Stellen, wo so ein Knopf gar nicht sein kann. Im Mülleimer suchten sie, im Nähkorb suchten sie und im Schirmständer auch. Den Klodeckel hoben sie hoch, die Schiebetüren im Vorzimmerschrank machten sie auf. Den Teppich rollten sie ein. Aber schließlich gaben sie die Sucherei auf.

Der Opa sagte: »Morgen oder übermorgen wird der verdammte Knopf irgendwo auftauchen, dann stecke ich ihn auf das Bügeleisen, und die Sache hat sich!«

»Nein, die Sache hat sich nicht!«, sagte die Oma. »Weil ich bis übermorgen nicht mit dem Bügeln warten kann. Ich habe zwei Waschkörbe voll Wäsche. Mein schwarzes Kleid ist auch dabei. Das brauche ich morgen für das Begräbnis von der Hausmeisterin! Ich muss heute noch bügeln!«

Die Oma knöpfte die Bänder ihrer blau-weiß karierten Schürze auf. Sie hängte die Schürze an den Geschirrtuchhaken. Sie setzte den grünen Hut auf, zog die rote Jacke an, holte aus dem Reservegeld-Topf ein paar Geldscheine und stopfte sie in die Geldbörse.

»Wo läufst du denn jetzt hin?«, fragte der Opa.

»Ich gehe mir ein Bügeleisen kaufen«, sagte die Oma und war schon an der Wohnungstür.

Der Opa seufzte.

Traurig packte er sein Werkzeug und alle Schrauben und Drahtstücke in seinen Werkzeugkasten. Traurig stellte er das reparierte Bügeleisen, dem nur noch der Knopf fehlte, auf das Fensterbrett.

Auf dem Küchentisch war noch ein bisschen Metallstaub, und ein paar kleine, schwarze Brösel klebten auf der Tischplatte.

»Rosalinde, sei so lieb und putz den Tisch sauber«, sagte der Opa und ging aus der Küche.

Rosalinde nahm den Abwaschschwamm und wusch die Tischplatte. Davon wurden ihr die Finger feucht. Rosalinde suchte nach einem Küchenhandtuch oder einem Geschirrtuch, um sich die Finger abzuwischen. Da sah sie die blau-weiß karierte Schürze der Oma am Geschirrtuchhaken hängen.

Rosalinde trocknete sich die Hände an der Schürze, und da spürte sie etwas Hartes. Das Harte war in der Schürzentasche der Oma.

Rosalinde dachte: Das wird ein Bonbon sein!

Sie griff in die Schürzentasche, um das Bonbon herauszuholen, und hielt den Bügeleisenknopf in der Hand.

Lange, sehr lange starrte Rosalinde den Bügeleisenknopf an und machte sich Gedanken, ganz geheime Gedanken, die man niemandem erzählen kann, über ihre Oma.

Dann steckte Rosalinde den Bügeleisenknopf wieder in die Schürzentasche zurück.

Am nächsten Tag, gleich nach dem Mittagessen, als die ganze Familie noch am Küchentisch saß, ging die Oma mit der kleinen Gießkanne auf den Balkon hinaus, um den Schnittlauch und den Liebstöckel zu gießen. Die blau-weiß karierte Schürze hatte sie um den Bauch gebunden.

Die Oma goss die zwei Blumentöpfe und stieß einen spitzen Schrei aus.

»Hat dich eine Hummel gestochen oder eine

Schlange gebissen – oder was?«, fragte der Opa, als die Oma vom Balkon zurückkam.

Die Oma hielt den Bügeleisenknopf in der Hand.

»Im Liebstöckeltopf war er!«, rief sie. »Ganz genau, wie ich es gesagt habe! Die Katze hat ihn rausgeschleppt! So ein Biest!«

Da machte sich Rosalinde wieder ganz geheime Gedanken über die Oma. Gedanken, die man niemandem erzählen kann.

Der Opa nahm den Bügeleisenknopf und steckte ihn aufs Bügeleisen und zeigte der Mama und dem Papa und Rosalinde, wie gut das alte Bügeleisen jetzt wieder funktionierte.

»Wie neu! Tadellos und herrlich!«, jammerte der Opa. »Hundert Jahre könnte das gute Stück noch bügeln!«

Die Oma stand am Küchenfenster und lächelte. Sie sagte freundlich: »Opa, wenn ich geahnt hätte, dass der dumme Knopf so bald wieder auftaucht, hätte ich mir natürlich kein neues Bügeleisen gekauft!«

Rosalinde beugte sich zur Mama und fragte: »Du, Mama, ist das wahr und echt, dass man ganz rot wird im Gesicht, wenn man lügt?«

Die Mama dachte nach, und dann sagte sie: »Ich glaube, man wird beim Lügen nur rot im Gesicht, wenn man ans Lügen nicht gewöhnt ist, wenn man ein Anfänger ist. Richtige, abgebrühte, abgefeimte Lügner, die lügen mit total bleichen Gesichtern!«

Rosalinde schaute ihrer Oma ins Gesicht. Das Gesicht der Oma war nicht rot. Aber bleich war es auch nicht. Das Gesicht der Oma war ganz genau wie immer.

Da beschloss Rosalinde, sich über Bügeleisenknöpfe keinerlei Gedanken mehr zu machen.

Rosalinde hat auch Gedanken über ihren Namen im Kopf. Seit sie letzten Sonntag mit der Mama spazieren war, hat sie diese Gedanken.

Rosalinde und die Mama gingen am letzten Sonntag durch den Park. Auf dem Spielplatz, auf dem eisernen Kletterturm, stand ein Bub, der winkte Rosalinde. Das war der Siegfried. Rosalinde winkte dem Siegfried zurück, und die Mama sagte: »So ein armer Kerl, der tut mir immer richtig leid!«

»Aber der ist doch gar nicht arm«, sagte Rosalinde zur Mama. »Der hat dreimal so viel Taschengeld wie ich, und zum Geburtstag bekommt er keinen Bagger, sondern einen eigenen Kinderzimmer-Farbfernseher!«

Doch die Mama blieb dabei, dass der Siegfried arm sei. Sie sagte, dass ein kleiner, dünner, schielender Bub mit Sommersprossen, roten Haaren und einer Kugelnase auf alle Fälle arm dran ist, wenn er den Namen »Siegfried« hat.

Ein Siegfried, sagte die Mama, muss groß sein und strahlend und rundherum prächtig. So, sagte die Mama, stellt man sich einen »Siegfried« vor.

Namen, sagte die Mama, müssen zu einem passen!

Seither fragt sich Rosalinde, ob »Rosalinde« denn auch wirklich zu ihr passt.

Rosa ist eine Farbe. Linde ist ein Baum. Eine rosa Linde gibt es zwar nicht, aber eine rosa Linde kann man sich vorstellen. Die hat einen dicken, himbeerrosa Stamm und strampelhosenrosa Blätter und bonbonrosa Blüten. Aus denen kann man, wenn man Husten hat, roten Lindenblütentee kochen.

Und Vögel können Nester in mir bauen, denkt Rosalinde. Rosa Nester mit kleinen, weiß-rosa marmorierten Eiern drin. Die Vogelmutter sitzt auf den rosa-weiß marmorierten Eiern und brütet.

Sechs winzige, rosa Vogelkinder mit roten Schnäbeln brütet sie aus.

Und dann kommt die Katze und klettert den himbeerrosa Stamm hoch. Sie will zum Vogelnest.

Katzen sind scharf auf winzige, rosa Vogelkinder. Die schmecken ihnen noch besser als kleine graue Mäuse. Und der Vogelvater und die Vogelmutter sind gerade weggeflogen. Die holen Futter für die Vogelkinder.

Eine ganz normale Linde, eine holzbraune, blättergrüne, blütengelbe, die würde jetzt mit keinem Ast zucken, mit keinem Zweig knacken, die hat den Standpunkt: »Fliegen werden von Vögeln gefressen, Vögel werden von Katzen gefressen, Katzen werden von Füchsen gefressen, Füchse werden von Jägern erschossen, Jäger werden vom Herzschlag getroffen – so ist das und nicht anders – Hauptsache, dass man mich in Ruhe lässt!«

Aber eine rosa Linde, eine Linde wie Rosalinde, die lässt nicht zu, dass die Katze die Vogelkinder frisst!

Zuerst versucht sie es im Guten. Sie raunt mit allen raschelnden, strampelhosenrosa Blättern der Katze zu: »Spring doch runter, such dir eine fette

Maus, und lass die unschuldigen Kinder in Frieden!«

Die Katze versteht das geraschelte Geraune nicht. Oder sie schert sich nicht darum. Sie schleicht weiter. Den dicken Ast entlang. Ganz geduckt schleicht sie. Gierig zittern ihr Unterkiefer und die Schnurrbarthaare. Gleich wird sie zum Sprung aufs Vogelnest ansetzen!

Wenn die rosa Linde nicht sofort etwas unternimmt, dann ist es aus mit den sechs Vogelkindern! Dann kommen Vogelvater und Vogelmutter nach Hause geflogen und finden nichts als ein leeres Nest mit ein paar winzigen, rosa Federn darin. Rosa Federn mit blutroten Tupfern.

»Um Himmels willen, Rosalinde, was hast du denn?«, ruft der Papa. »Hast du Schüttelfrost? Oder was sonst?«

Rosalinde sitzt auf dem Teppich und schüttelt den Kopf, schüttelt die Arme, zuckt mit den Beinen. Ganz schrecklich sieht das aus.

Rosalinde sagt: »Ich schüttle die Katze herunter!«

»Wieso die Katze?«, fragt der Papa.

Die Katze liegt auf dem Fernsehapparat und

schaut erstaunt zur zuckenden, schüttelnden Rosalinde hin.

Zucken und Schütteln nimmt einem den Atem. Rosalinde keucht: »Weil die Katze das Vogelnest leer fressen will! Und weil ich dagegen bin! Rosa Linden verhindern so eine Schweinerei!«

»Ach so! Na ja«, sagt der Papa.

Rosalinde jammert: »Aber das Biest krallt sich an meinen Ästen fest. Und wenn ich mich noch stärker schüttle, dann wackelt auch das Vogelnest, und die rosa Vögel bekommen schreckliche Angst!«

Der Papa steht auf und geht zu Rosalinde.

»Darf ich behilflich sein?«, fragt er. »Wo hockt denn das Biest überhaupt?«

»Über meinem linken Ohr«, stöhnt Rosalinde.

»Na komm, na komm schon, du böser Vogelfresser«, sagt der Papa lockend und greift mit beiden Händen in Rosalindes Haare über dem linken Ohr.

»Danke«, stöhnt Rosalinde auf, »danke schön! Das war die Rettung in allerletzter Minute!«

»Und was mache ich jetzt mit der Katze?«, fragt der Papa und schaut auf seine leeren Hände.

»Trag sie bitte in die Küche«, schlägt Rosalinde

vor, »und gib ihr einen Teller mit Leber drauf. Was zum Fressen braucht sie schließlich!«

Der Papa nickt und geht in die Küche. Rosalinde ruft ihm nach: »Und eine Schale Wasser gegen den Durst stell ihr bitte hin!«

Die Katze, die auf dem Fernsehapparat, hat »Leber« gehört. Das Wort »Leber« kennt sie. Das Wort »Leber« hört sie gern. Die Katze springt vom Fernsehapparat und läuft hinter dem Papa her in die Küche.

Rosalinde steht auf und geht mit hoch erhobenem Kopf in ihr Zimmer. Sie muss sehr vorsichtig gehen, damit das Vogelnest nicht vom Kopf fällt.

Rosalinde setzt sich an ihren Schreibtisch. Auf dem Schreibtisch liegt das Rechenheft. Aufgeschlagen.

37. HAUSÜBUNG, steht da. Darunter das Datum. Die Hausübung muss Rosalinde erst schreiben. Rosalinde holt das Rechenbuch aus der Schultasche. Rosalinde schlägt das Rechenbuch auf. Rosalinde schraubt die Füllfeder auf.

Das sind alles ganz normale, kinderleichte Handgriffe! Aber wenn man ein Vogelnest auf dem Kopf hat und darauf aufpassen muss, dass die armen Vogelkinder nicht aus dem Nest fallen, sind das sehr schwierige, mühsame Handgriffe!

Und Zahlen schreiben – wenn man den Kopf kein bisschen senken darf – ist auch nicht so einfach.

Die Mama kommt in Rosalindes Zimmer und sucht nach der kleinen, scharfen Nagelschere.

Immer, wenn die Mama etwas nicht findet, sucht sie bei Rosalinde. Immer ist die Mama fest davon überzeugt, dass alle verschwundenen Sachen in Rosalindes Zimmer sind.

»Wenn du dir etwas von mir ausborgst, dann bring es gefälligst auch wieder zurück«, sagt die Mama. »Wie komm ich dazu, dass ich hinter meiner einzigen guten Nagelschere herrennen muss!«

»Ich hab die Nagelschere nicht«, murmelt die rechnende Rosalinde. »Ehrenwort! Die ist im Ba-

dezimmer. Der Papa hat sich heute in der Früh sein langes Nasenhaar mit ihr gestutzt!«

Die Mama will aus Rosalindes Zimmer gehen. An der Tür bleibt sie stehen und schaut Rosalinde an. »Sag einmal, Rosalinde«, sagt sie. »Brauchst du vielleicht eine Brille? Bist du etwa weitsichtig, mein Schatz?«

»Absolut nicht«, sagt Rosalinde. »Wennschon, dann eher kurzsichtig!«

»Warum beugst du dich dann nicht über das Rechenheft wie jeder normale Mensch?«, fragt die Mama. »Warum hockst du dann da, stocksteif, als hättest du einen Besen verschluckt?«

»Nur damit mir das Vogelnest nicht vom Kopf fällt«, sagt Rosalinde.

»Bei dir piepst es wohl, was?«, fragt die Mama.

Rosalinde lächelt und nickt zustimmend. Fein, dass die Mama das Piepsen hört, denkt Rosalinde. Wirklich fein!

»Jawohl«, sagt Rosalinde. »Sechsstimmig piepst es. Sechsstimmig und ganz rosa. Je hungriger sie sind, umso lauter sind sie.«

Die Mama schaut kugelrund, zuckt mit den Schultern und geht ins Badezimmer, die Nagelschere suchen.

Am Abend dann fragt Rosalinde den Opa, wieso man ihr eigentlich den Namen Rosalinde gegeben hat.

Der Opa sagt: »Daran bin ich schuld. Den Namen für dich habe ich ausgesucht. Das Mädchen, das meine erste große Liebe war, das hat Rosalinde geheißen. Seither mag ich diesen Namen ganz besonders.«

»Bist du unzufrieden mit deinem Namen?«, fragt die Mama.

»Würdest du lieber Anna heißen oder Renate?«, fragt der Papa.

»Aber nein«, sagt Rosalinde. »Ich bin sehr gern eine rosa Linde. Gegen Rotbuche oder Blaufichte hätte ich auch nichts einzuwenden. Und Goldregen wäre ebenfalls in Ordnung.«

»Aber das sind doch keine Namen«, ruft der Opa.

Rosalinde schweigt. Und hat den Gedanken im Kopf, dass manchen Leuten, sogar so klugen wie dem Opa, die einfachsten Gedanken gar nicht in den Kopf kommen.

In der Schule, mitten in der Rechenstunde, zwischen lauter Einmaleins-Gedanken, ist manchmal ein ganz fremder, sonderbarer Gedanke in Rosalindes Kopf.

Der Gedanke geht so: Ich stehe jetzt auf und sage »Auf Wiedersehen« und nehme meine Schultasche und marschiere aus der Klasse.

Ganz ohne Erklärung!

Ganz ohne Entschuldigung!

Ganz ohne irgendwas!

Manchmal wird der fremde, sonderbare Gedanke in Rosalindes Kopf derart stark und groß und mächtig, dass Rosalinde gar nicht anders kann, als den Popo ein Stück vom Sessel zu heben und die Hand nach dem Schultaschenhenkel auszustrecken. Einmal ist der Gedanke so stark und so groß und so mächtig geworden, dass Rosalinde richtig aufgestanden ist und die Schultasche genommen hat und zur Klassentür gegangen ist. Alle Kinder in der Klasse haben entsetzt auf Rosalinde gestarrt. Die Lehrerin an der Tafel hat gefragt: »Aber Rosalinde, was tust du denn?«

Die Stimme der Lehrerin hat den Gedanken kaputt gemacht. Rosalinde ist ganz rot im Gesicht geworden und hat gestottert: »Ich – ich muss, bitte – aufs Klo muss ich.«

»Aber doch nicht mit der Schultasche, Rosalinde!«, hat die Lehrerin gesagt, und alle Kinder haben laut gelacht.

Rosalinde hat die Schultasche zu ihrem Pult zurückgetragen und ist dann aufs Klo gegangen.

Lang hat sie auf dem Klo gesessen, obwohl sie überhaupt nicht musste. Bis tausenddreihundertfünfzig und wieder zurück hat sie gezählt. Und dann hat sie die Wasserspülung gedrückt, bis kein Wasser mehr gekommen ist.

Und erst dann ist sie ganz langsam zur Klasse

zurückgegangen. Und hat an der Tür gehorcht, ob die Kinder noch immer lachen.

Die Kinder haben nicht mehr gelacht. Die Kinder versuchten auszurechnen, wie viele Kekse die Mutter in der Keksdose haben muss, wenn sie acht Kindern sieben Kekse und zwei Kindern acht Kekse geben will und selber auch zwei Kekse essen will.

»Vierundsiebzig, bitte«, hat Rosalinde gesagt und ist in die Klasse hinein.

»Genau richtig!«, hat die Lehrerin gesagt und Rosalinde zugenickt. »Tadellos richtig, liebe Rosalinde!«

Seither geht Rosalinde mit fremden, sonderbaren Gedanken vorsichtiger um. Wenn sie jetzt in der Rechenstunde AUFSTEHEN – AUF WIEDERSEHEN SAGEN – WEGGEHEN denkt, achtet sie gut darauf, dass der Popo fest auf dem Sessel und die Hände auf dem Pult bleiben. Und dann erst stellt sie sich ganz genau vor, wie sie einfach aus der Schule fortginge.

Nach Hause, zum Opa und zur Katze, könnte sie nicht gehen. Zu Hause, da ist jetzt auch die Oma, und die Oma putzt gerade die Champignons und die Karotten und die Bohnen und den Kohlrabi für die Gemüsesuppe, die sich Rosalinde zum Mittagessen gewünscht hat. Der Oma fällt doch glatt das Gemüsemesser aus der Hand, wenn Rosalinde zur Tür reinkommt und sagt: »Ich bin aus der Schule weggegangen, weil es mir in der Rechenstunde zu langweilig war!«

Die Oma würde die Mama im Büro anrufen. Und den Papa auch. Ein schreckliches Geschrei und eine riesige Aufregung würde das ergeben.

Zu Mittag, wenn die Mama vom Büro heimkommt, würde sie Löcher in Rosalinde fragen. Vorwürfe würde sie ihr machen. Jammern würde sie. Und bis die Mama vom Löcherfragen, vom Jammern und vom Vorwürfemachen heiser und total erschöpft wäre, würde der Papa vom Büro nach Hause kommen und Löcher fragen und jammern und Vorwürfe machen. Nein! Nach Hause gehen ist ziemlich unmöglich!

In den Park könnte Rosalinde gehen!

Aber alle Kinder, mit denen Rosalinde gern spielt und auf dem Spielplatz turnt, sind in der Schule. Im Park sind jetzt nur die kleinen Kinder, die langweiligen Kinder, die Baby-Kinder. Die spielen in der Sandkiste »Kuchen backen« und kreischen los, wenn ihnen der Sand-Nachbar eine Kuchenform wegnimmt. Mit solchen Kindern will Rosalinde wirklich nichts zu tun haben.

Es ist schon lästig genug, wenn die Tante Elfi am Sonntag zu Besuch kommt und ihr Baby-Kind mitbringt und von Rosalinde erwartet, dass Rosalinde mit dem Baby-Kind spielt. Nein! Freiwillig halst man sich keine Baby-Kinder auf!

Zur Auslage vom Spielzeuggeschäft könnte Rosalinde gehen! Aber die Auslagen vom Spielzeuggeschäft hat Rosalinde schon gestern angeschaut. Und vorgestern auch. Jedes Ding in der Auslage kennt sie genau. Nicht nur den ferngesteuerten Bagger! Dreizehn Holzhühner und vier Holzschweine stehen im Bauernhof. Das Bett im Puppenhaus hat eine weiße Spitzendecke. Die Soldaten und die Indianer aus Plastik gibt es stehend, liegend und laufend. Der Marsmann hat eine grüne Antenne auf seinem Raumfahrthelm. Aus Lego-Steinen ist ein Riesenrad und eine Lokomotive gebaut.

Seit gestern Nachmittag ist die Auslage garantiert nicht verändert worden.

Außerdem braucht man zum Auslagen-An-

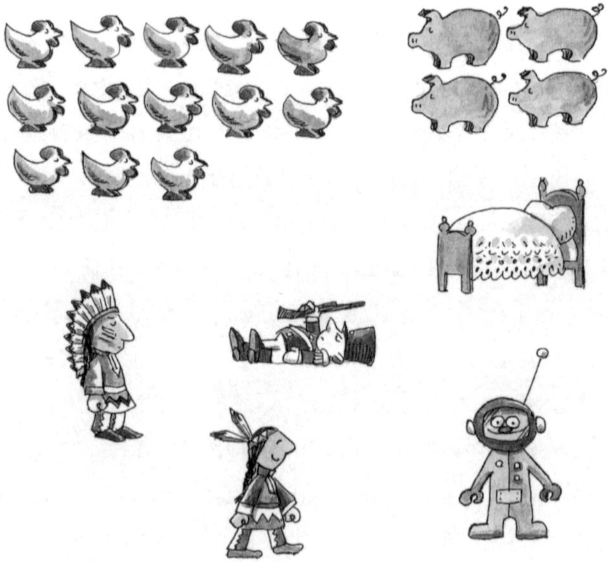

schauen jemanden, dem man sagen kann, was man sich wünschen würde, wenn man einen Wunsch frei hätte, was einem weniger gefällt und was man hässlich findet.

Allein vor einer Auslage stehen, ist nicht lustig!

Wohin geht man nun wirklich, wenn man aufgestanden ist, Auf Wiedersehen gesagt hat und zur Klassentür hinausgegangen ist?

Wenn man so etwas Außergewöhnliches getan hat, dann kann man eigentlich damit rechnen, dass die Sache außergewöhnlich weitergeht! Da steht dann vielleicht vor dem Schultor ein Bub, einer, der so aussieht, wie sich die Mama einen Siegfried vorstellt. Aber Siegfried heißt der nicht. Siegfried ist kein besonders schöner Name. Florian ist ein schöner Name.

Der Bub heißt Florian und sagt: »Du, ich bin aus der Rechenstunde weggegangen. Einfach so. Aus Langeweile. Bin aufgestanden, hab Auf Wiedersehen gesagt und bin zur Tür raus!«

Mit diesem Florian geht Rosalinde die Straße hinunter bis zum Park. Im Park, auf dem Kinderspielplatz, steht ein weißes Zirkuszelt, das hat oben lauter rote und blaue und gelbe Fahnen.

Die hängen an einem Strick, wie die Wäsche zum Trocknen, und flattern im Wind.

ZIRKUS KORONA, steht auf einem Schild über dem Zelteingang. Neben dem Zelteingang sitzt ein Clown. Einer mit blau-gelb karierten Hosen und grünen Hosenträgern und einer roten Knopfnase im weißen Gesicht. Augen hat er wie Plus-Zeichen, weil er sich von den Augenschlitzen bis zur Stirn hinauf und bis zur Wange hinunter einen schwarzen Strich gemalt hat.

Der Clown ist traurig. Aber der ist nicht so traurig, wie ein Clown in der Zirkusvorstellung trau-

rig ist. Richtig traurig ist der. »Was sollen wir denn jetzt tun? Was machen wir denn jetzt?«, jammert der traurige Clown.

Die Seiltänzerin, erzählt der Clown, hat Masern bekommen. Und der Löwendompteur Keuchhusten. »Jetzt fallen unsere besten zwei Nummern aus«, klagt der Clown. »Da werden die Leute enttäuscht sein und ihr Eintrittsgeld zurückverlangen.«

»Mit Löwen vertrage ich mich üblicherweise recht gut, Herr Clown«, sagt der Florian. »Falls die Löwen satt sind und wenn die Löwen nicht boshaft sind, dann will ich gern Ihren keuchhustenkranken Dompteur vertreten!«

Der Clown freut sich mächtig und holt den Zirkusdirektor. Der Zirkusdirektor freut sich auch und holt die Frau Zirkusdirektor. Die Frau Zirkusdirektor freut sich ebenfalls und sagt: »Aber die Uniform vom Dompteur wird dem Florian zu groß sein. Der Dompteur hat doppelt so lange Beine!«

»Näh ihm einen breiten Saum in die Hose, gute Frau«, sagt der Zirkusdirektor. »Über die Hosen darf ein Dompteur nicht stolpern, das könnte ihn das Leben kosten!«

Die Frau Zirkusdirektor nimmt den Florian zum Hosenprobieren in den Wohnwagen mit. Der Clown schaut Rosalinde an und fragt: »Na, und du? Was ist mit dir? Du kannst nicht vielleicht zufällig seiltanzen?«

Seiltanzen kann Rosalinde nicht. Rosalinde kann nur schwimmbadgeländertanzen. Das hat sie im Sommer oft probiert. Leider immer nur ein paar Tanzschritte lang, denn Geländertanzen ist im Schwimmbad verboten. Kaum steht man oben, streckt die Arme nach beiden Seiten aus, lächelt und setzt einen Fuß vor den anderen, kommt der Badewärter und droht mit der Faust und pfeift. Da bleibt einem dann nichts anderes übrig, als sich vom Geländer ins Wasser plumpsen zu lassen. Doch Rosalinde ist überzeugt, dass sie, wäre kein Badewärter in der Nähe, ausgezeichnet schwimmbadgeländertanzen könnte. Immer rundherum, rundherum mit den herrlichsten, schönsten, zierlichsten Tanzschritten. Und Rosalinde ist auch überzeugt, dass zwischen einem Seil im Zirkus und einem Geländer im Schwimmbad kein großer Unterschied ist.

»Ich kann es versuchen, Herr Clown«, sagt Rosalinde.

Da freut sich der Clown so sehr, dass er einen Kopfstand macht, dann springt er wieder auf die Beine und ruft: »So was Liebliches, Herrliches wie du, meine Kleine, ist noch nie über ein Zirkusseil gelaufen! Die Zuschauer werden begeistert sein!«

Der Clown hat recht. Rosalinde, im Zirkusprinzessinnenkleid, ist wunderschön. Ein Röckchen aus zwölf Lagen Tüll hat sie an. Wie ein Regenbogen schillert das Röckchen. Goldsterne hat Rosalinde in den Haaren, die blitzen und funkeln, dass man meinen könnte, hinter jedem steckte eine 100-Watt-Glühbirne. Und Rosalindes Haare sind auch nicht mehr braun und glatt. Rosalindes Haare sind rabenschwarz und haben Ringellocken.

Der Zirkusdirektor drückt Rosalinde einen rosa Regenschirm in die Hand. Regenschirme sind nützlich und hilfreich beim Seiltanzen. Sie helfen einem, das Gleichgewicht zu halten. Die Frau Zirkusdirektor spuckt Rosalinde dreimal über die Schulter. Das ist nicht unanständig, das ist üblich so beim Zirkus, das heißt »toi, toi, toi«.

Und »toi, toi, toi« heißt: »Hals- und Beinbruch!« Aber »Hals- und Beinbruch!« heißt nicht, dass man ein Unglück herbeiwünscht, sondern man wünscht das Gegenteil. Spucken, »toi, toi, toi« und »Hals- und Beinbruch!« heißt: Hoffentlich geht alles gut! Hoffentlich stürzt du nicht ab und brichst dir das Kreuz!

Rosalinde steigt die Leiter zum Seil hinauf. Noch nie in ihrem Leben ist sie auf so eine hohe Leiter geklettert. Die Zuschauer unten im Zelt werden immer kleiner, und die Scheinwerfer im Zelt oben werden immer größer.

Rosalinde steht am oberen Ende der Leiter, dort, wo das Seil festgemacht ist. Ihr Herz klopft unheimlich laut. Sie schaut geradeaus. Sie schaut nur das Seil an. Nach unten, zu den Zuschauern, in die Manege, wagt sie nicht zu schauen. Aber sie hört den Zirkusdirektor rufen: »Und nun, verehrte Herrschaften, sehen Sie, was Sie noch nie gesehen haben! Unser Wunderkind Rosalinde hoch oben auf dem Seil, ohne Netz, ohne Trick, ohne Schwindel – und darunter in der Manege unser Wunderkind Florian mit den sieben Löwen!«

Mit den Löwen hat Rosalinde nicht gerechnet! Dass Löwen mit weit aufgerissenen, hungrigen Mäulern unter ihr auf ihren Absturz warten, erschreckt Rosalinde.

Aber sie kann doch den Zirkusdirektor und seine Frau und den Clown und die Zuschauer nicht enttäuschen. Versprochen ist versprochen, sagt sich Rosalinde und steigt auf das Seil. Vorsichtig setzt sie einen Fuß vor den anderen. Das

Seil zittert, das Seil schaukelt. Ein Seil ist doch etwas anderes als ein Geländer im Schwimmbad! Rosalinde macht die Augen zu. Mit geschlossenen Augen geht sie weiter.

Ganz, ganz still ist es jetzt im Zirkus. Nicht einmal die Löwen machen einen Mucks.

Da bekommt Rosalinde einen Stoß in die Rippen. Einen festen, spitzen Ellbogenstoß.

»Schlaf bloß nicht ein«, sagt der Fredi, ihr Banknachbar, zu ihr.

»Du Depp«, flüstert Rosalinde zurück. Sie hat die Augen aufgemacht und schaut den Fredi böse an. »Du Depp«, flüstert sie. »Ich hätte abstürzen können! Dann hätten mich die Löwen zerfleischt, und du wärst daran schuld gewesen!«

»Was? Wie?«, fragt der Fredi. »Wieso abstürzen? Welche Löwen? Wovon redest du?«

Die Lehrerin schaut zur Bank von Fredi und Rosalinde. Sie klatscht in die Hände, sie ruft: »Fredi! Nicht schwätzen! Stör Rosalinde nicht beim Aufpassen!«

Der Fredi ist still, er flüstert nicht mehr. Er weiß, dass ihn die Lehrerin die nächsten paar Minuten genau beobachten wird.

Rosalinde ist froh, dass sie dem Fredi keine

Antwort geben muss. Manche Sachen versteht der Fredi nicht.

Bis zum Pausengebimmel hat Rosalinde dann nur noch Einmaleins-Gedanken.

Rosalinde ärgert sich. Sie ärgert sich ganz besonders stark, weil sie sich über sich selber ärgert. Andauernd vergisst sie etwas!

Zehnmal sagt sie sich am Abend vor: Ich muss noch die Ölkreiden in die Schultasche stecken! Morgen ist Zeichenstunde, da brauche ich sie dringend!

Aber am nächsten Tag in der Schule sind die Ölkreiden doch nicht in der Schultasche. Rosalinde hat sie zu Hause vergessen.

Oder:

Die Oma sagt zu Rosalinde: »Kind, ich möchte einen kleinen Mittagsschlaf halten. Sei so nett und weck mich um drei Uhr auf. Aber pünktlich!«

Alle drei Minuten schaut Rosalinde auf die Uhr, ob es schon drei Uhr ist. Und dann, dreizehn Minuten vor drei, schaltet Rosalinde den Fernseher an und schaut Indianern zu, wie die ein Fort erstürmen und dabei erschossen werden, und um Punkt vier Uhr kommt die Oma verschlafen und grantig ins Wohnzimmer und schimpft: »Auf dich ist wirklich kein Verlass! Alles vergisst du! Nichts kannst du dir merken! Du bist ja ärger als ein verkalktes Urgroßmutterl!«

Rosalinde vergisst, dass sie bis zum Montag einen Aufsatz schreiben muss. Rosalinde vergisst, dass der Papa vor der Schule auf sie wartet, und geht durch den Schulhof, durchs hintere Tor nach Hause. Und der Papa steht sich die Beine in den Bauch.

Rosalinde vergisst, dass sie dem Fredi ein Buch versprochen hat. Der Fredi hält sie schon für geizig. »Du willst mir das Buch einfach nicht borgen!«, behauptet er. »Das gibt es ja gar nicht, dass man immer alles vergisst!«

Rosalinde macht sich dicke Knöpfe in ihre Taschentücher, wenn sie etwas nicht vergessen will. Die Mama hat ihr das angeraten. Die Mama hat gesagt: »Wenn du den Knopf im Taschentuch siehst, weißt du, dass da etwas zum Nicht-Vergessen war, und dann fällt es dir wieder ein!«

Rosalinde hat alle Schubladen und Hosentaschen und Rocktaschen voll Taschentücher mit Knöpfen darin, die erinnern sie daran, dass sie sich an etwas erinnern sollte. Aber Rosalinde kann ihre Taschentuch-Sammlung stundenlang anstarren, die Taschentücher sagen ihr trotzdem nicht, woran sie sich erinnern sollte.

Die Oma beschwert sich über die geknoteten Taschentücher. »Da wird man ja wahnsinnig«, sagt sie, »wenn man vor der Wäsche dauernd Knoten aufmachen muss!«

Der Papa beschwert sich auch. Seit Rosalinde ihr Gedächtnis mit Taschentüchern und Knoten stärken will, findet er im Wäscheschrank kein einziges Taschentuch mehr.

Der Opa tröstet Rosalinde. Er sagt, es gibt eine Menge kluger, weiser, gescheiter Leute, die genauso vergesslich wie Rosalinde sind.

»Manchmal«, sagt der Opa, »ist Vergesslichkeit

sogar ein Anzeichen dafür, dass man ein Genie ist!«

»Vergessliche Leute«, sagt der Opa, »haben schon den Nobelpreis bekommen!«

»Wer an sehr wichtige Sachen denken muss«, sagt der Opa, »der vergisst eben ein paar Kleinigkeiten!«

Das wäre ja nun ein guter Trost für Rosalinde, doch Rosalinde ärgert sich trotzdem. Andersherum und umgekehrt nämlich ist Rosalinde gar nicht vergesslich. Sie hat das schon ausprobiert!

Das geht – zum Beispiel – so:

Rosalinde setzt sich auf ihr Bett. Gegenüber vom Bett, vor ihr, steht der große, braune Teddybär. Rosalinde starrt kurz zum Teddybären hin. Dann legt sie sich auf das Bett und macht die Augen zu und befiehlt sich: Rosalinde! Du denkst jetzt nicht mehr an den Teddybär! Du vergisst den Teddybär!

Rosalinde liegt mit geschlossenen Augen auf

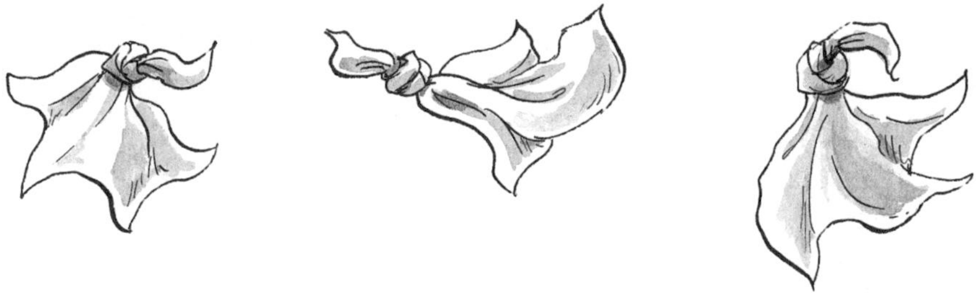

dem Bett und versucht, den Teddybären zu vergessen!

Sie denkt an die letzte Geburtstagsfeier beim Fredi, sie denkt an eine grüne Wiese voll mit Gänseblümchen, an die Rechenarbeit denkt sie, an einen neuen Mantel, einen karierten mit Kutscherkragen. Sie denkt an ein Schloss, so weiß wie Mandelmarzipan, das steht mitten in einem blauen See. Sie denkt an Schneewittchen und die sieben Zwerge …

Aber sosehr sich Rosalinde auch plagt: Auf Fredis Geburtstagsparty bläst ein Teddybär die Kerzen auf der Geburtstagstorte aus. Auf der grünen Wiese sitzt ein fetter Teddybär und pflückt Gänseblümchen und bindet daraus einen Kranz. Bei der Rechenarbeit muss Rosalinde lauter Schlussrechnungen mit Teddybären machen. Und die Auslagenpuppe, die den karierten Mantel mit Kutscherkragen anhat, ist ein Teddybär. Aus dem Turm vom Mandelmarzipanschloss im blauen See schwenkt ein Teddybär eine Fahne, auf der ein Teddybär ist. Und unter allen sieben Zwergenmützen, hinter allen sieben Zwergenbärten sind Teddybärengesichter.

Das heißt: Wenn die vergessliche Rosalinde etwas vergessen will, gelingt ihr das nicht!

»Das ist eine bodenlose Gemeinheit«, schimpft Rosalinde. »Die Gehirnwindungen in meinem Kopf, die für das Merken und das Vergessen zuständig sind, die müssen falsche Kurven haben. Das muss ein Geburtsfehler sein!«

»Mit unseren Geburtsfehlern müssen wir eben zurechtkommen«, sagt der Papa.

»Von wegen Vergesslichkeit«, erkundigt sich die Oma. »Rosalinde, hast du auf dem Heimweg von der Schule die Zeitung geholt?«

Rosalinde hat die Zeitung nicht geholt. Sie hat es vergessen.

»Ich habe eben falsche Kurven im Hirn«, entschuldigt sie sich. »Aber morgen«, sagt sie, »morgen vergesse ich die Zeitung bestimmt nicht! Ab jetzt komme ich mit meinem Geburtsfehler zurecht!«

Am nächsten Morgen, beim Frühstück, murmelt sich Rosalinde selber zu: »Ich vergesse die Zeitung. Ab jetzt denke ich nicht mehr an die Zeitung! Kein einziger Gedanke in meinem Kopf gehört der Zeitung! Ich weiß nicht einmal mehr, dass es Zeitungen überhaupt gibt! Ich kenne das Wort ZEITUNG gar nicht!«

Zu Mittag kommt Rosalinde singend die Treppe zur Wohnung hinaufgelaufen. An der Wohnungstür klingelt sie Sturm.

»Brennt's wo?«, fragt die Oma.

»Die Zeitung hab ich dir mitgebracht!« Rosalinde schwenkt stolz die Zeitung.

Die Oma sagt, da ist ein Wunder geschehen.

»Das ist doch kein Wunder«, sagt Rosalinde. »Ich hab jetzt nur endlich die richtige Kurventechnik heraus!«

Manchmal hat Rosalinde Berufsgedanken. Einen Beruf braucht jeder einmal, hat die Mama gesagt. Man muss sich rechtzeitig überlegen, was aus einem einmal wird.

Der Fredi weiß schon genau, was aus ihm einmal wird. Fußballer wird der Fredi, sagt er. Mittelstürmer. Wenn möglich, am liebsten beim Verein »Zwietracht Podersdorf«.

Rosalinde würde auch gern Fußballerin werden. Tor-Frau möchte sie später einmal sein. Aber alle Buben in der Klasse lachen sie deswegen aus. »Plemplem, total plemplem«, sagen sie und tippen sich an die Stirn.

Die Mädchen in Rosalindes Klasse finden eine Tor-Frau auch »plemplem, total plemplem«.

Darum redet Rosalinde in der Schule nicht mehr

von ihrem Lieblingsberuf. Sie denkt sich Ersatzberufe aus: Fernlastfahrerin, Baggerführerin, Försterin, Hundezüchterin, Taxifahrerin, Schornsteinfegerin, Sportreporterin ...

Aber auch mit den Ersatzberufen hat Rosalinde in der Klasse nicht viel Erfolg.

Mädchen, das sagen alle in der Klasse, werden einmal andere Berufe haben: Lehrerin, Krankenschwester, Friseuse, Verkäuferin, Bürofrau, Kinderärztin ...

Von den zwölf Mädchen in Rosalindes Klasse wollen vier Mädchen Lehrerin werden, zwei Kinderärztin, eine Säuglingsschwester, zwei Friseusen, eine Verkäuferin, eine Bürofrau. Nur Rosalinde mag das alles nicht werden!

Stundenlang, tagelang, wochenlang, monatelang hat sich Rosalinde gut zugeredet.

Hat sich eingeredet, dass es doch wunderschön sein könnte, kleinen Kindern sowohl das Einmaleins als auch das Zweimalzwei zu lehren.

Sie hat sich vorgestellt, wie sie mit einem weißen Häubchen und einem gestreiften Kittel kranken Menschen Fieber misst und Medizin gibt und ihnen aufmunternd zulächelt.

Sie hat sich ausgemalt, wie sie in einem hübschen Frisiersalon steht und einer Dame prächtige Stoppellocken dreht und die Dame lobend zu ihr sagt: »Fräulein Rosalinde, das haben Sie wirklich hübsch gemacht!«

Verkäuferin sein hat Rosalinde ausprobiert.

Den Schreibtisch hat sie abgeräumt und alles, was im Eisschrank war, auf den Schreibtisch gelegt. Die Katze ist als Kundschaft zu ihr gekommen. Der Katze hat Rosalinde Wurst und Käse und Butter verkauft. »Beehren Sie mich bald wieder«, hat sie gesagt, wenn die Katze mit der Wurst oder dem Käse vom Schreibtisch gesprungen ist.

Rosalinde hat sich auch bei der Mama, die jeden Vormittag in einem Büro arbeitet, genau erkundigt, was man dort macht. Auch den Kinderärztin-Beruf hat Rosalinde genau überdacht: Impfen, in offene Münder schauen, Brüste abhorchen, Puls fühlen, Medizin verschreiben, »Du brauchst dich nicht zu fürchten« sagen, nach Spital riechen, in einem weißen Zimmer sitzen, viel Geld verdienen, Bäuche aufschneiden, kranke Kinder zu Hause besuchen …

Nach stundenlangem, tagelangem, wochenlangem, monatelangem Nachdenken hat sich Rosa-

linde gesagt: Nein! Das sind ja alles ganz nette und gute und anständige Berufe, aber das ist alles nichts für mich! Das ist nämlich alles nichts gegen eine Hochsee-Kapitänin, eine Düsenfliegerpilotin, eine Raumfahrerin, eine Brückenbau-Ingenieurin – und eine Tor-Frau!

Der Fredi ist bei Rosalinde zu Besuch. Sie spielen mit dem Geburtstagsbagger und mit dem Baukasten und mit der Autobahn. Rosalinde versucht, dem Fredi die Sache mit den Berufen zu erklären. Der Fredi ist ihr Freund. Der Fredi muss das verstehen.

Doch der Fredi behauptet: »Ingenieur kannst du nicht werden. Da muss man viel mit Zahlen und Rechnen tun. Mädchen sind nicht dafür begabt!«

Bei den Rechenarbeiten schreibt der Fredi immer von Rosalinde ab. Eine ganze Menge »Nicht genügend« hätte er schon bekommen, wenn er Rosalinde nicht als Nachbarin hätte. Und wenn der Fredi von der Lehrerin aufgerufen wird, dann sagt ihm Rosalinde vor.

»Außerdem verstehen Mädchen von der Technik nichts«, sagt der Fredi.

Gestern hat Rosalinde Fredis Vier-Minen-Kugelschreiber repariert, weil es der Fredi nicht geschafft hat. Und vorgestern hat Rosalinde dem Fredi erklärt, wozu die Räder im Wecker da sind und warum ein Wecker eine Feder braucht und wieso ein Batteriewecker keine Feder braucht und viel weniger Räder hat.

Rosalinde weiß das. Der Opa hat es ihr erklärt.

»Und Kapitän geht schon überhaupt nicht«, sagt der Fredi. »So ein Kapitän, der braucht viel Mut. Der braucht dreimal so viel Mut, wie ein Mädchen überhaupt haben kann!«

Da wird Rosalinde wütend, sie schreit: »Du Depp, du! Wer traut sich, vom Dreimeterbrett zu springen? Ich oder du? Wer traut sich in den finsteren Keller runter? Ich oder du? Wer klettert auf den Kastanienbaum? Ich oder du?«

Der Fredi tut, als wären das alles keine besonders mutigen Sachen. Der Fredi sagt: »Das könnte ich doch auch. Ich will bloß nicht!«

Jetzt ist Rosalindes Wut so groß, dass sie rot vor Zorn wird und richtig zittert. Sie springt auf und packt den Fredi am Arm. »Gib zu, dass ich zumindest genauso mutig bin wie du!«, brüllt sie. Der Fredi gibt es nicht zu. Rosalinde zieht den Fredi vom Sessel hoch. Sie beutelt ihn durch. Der Fredi will sich losreißen, aber es gelingt ihm nicht. Da tritt er mit den Füßen nach Rosalindes Schienbeinen. Fußtritte, die wehtun, machen die wütende Rosalinde noch wütender. Sie packt den Fredi, hebt ihn hoch und schleudert ihn aufs Bett. Der Fredi saust auf die Matratze. Die Matratze hopst, der Betteinsatz quietscht, und der Fredi schreit: »Aber auf alle Fälle hast du für einen richtigen Männerberuf nicht genug Kraft!« Tränen rinnen dem Fredi über die Wangen.

Da gibt es Rosalinde auf! Manchmal nützt »recht haben« gar nichts. Manchmal nützen alle Beweise fürs »Rechthaben« gar nichts. Manchmal, denkt Rosalinde, könnte man aus der Haut fahren!

Der Fredi bleibt auf dem Bett liegen. Er ist beleidigt. Rosalinde setzt sich wieder an den Tisch und lässt den Bagger herumfahren, Bausteine hochheben und wieder abladen. Der wird schon noch sehen, denkt Rosalinde. Der wird auch noch draufkommen! Verkäufer wird er werden, Krankenpfleger, Kindermann, Bürobote, Säuglingsbruder, Servierknabe, Kindergärtner! Und dann kann er zu mir kommen um ein Autogramm! Tor-Frauen-Autogramme sind begehrt! Anstellen kann er sich bei mir, in einer langen Schlange!

Aber ob ich ihm dann ein Autogramm geben werde, denkt Rosalinde, das muss ich mir erst überlegen!

Rosalinde hat einen Onkel Egon, der stellt Rosalinde oft ganz saudumme Fragen. Der fragt: »Hast du den Papa lieber? Oder die Mama? Oder magst du die Oma am meisten?«

Er stellt sich vor Rosalinde auf und wackelt mit dem Kopf und sticht ihr seinen dicken Zeigefinger in den Bauch und ruft: »Na, sag schon! Wen hast du am liebsten?«

Rosalinde antwortet: »Ich habe alle gleich lieb!«

Da nimmt der Onkel Egon endlich seinen dicken Zeigefinger von ihrem Bauch und hört mit dem Kopfwackeln auf und lächelt zufrieden.

Aber anscheinend ist der Onkel Egon unerhört vergesslich, denn wenn er das nächste Mal zu Besuch kommt, wackelt er wieder mit dem Kopf und bohrt mit seinem Zeigefinger in Rosalindes Bauch und fragt: »Wen hast du am liebsten?«

Seit Rosalinde reden kann, und das ist schon etliche Jahre her, beantwortet sie jeden zweiten Donnerstag, wenn der Onkel Egon kommt, diese saudummen Fragen. Und hinterher fragt sie sich selber, ob sie dem Onkel Egon die Wahrheit gesagt hat. Ob sie wirklich alle in der Familie »gleich« lieb hat?

»Hab ich ja gar nicht«, antwortet sich Rosalinde. »Ich hab ja nicht einmal jeden an jedem Tag gleich lieb!«

Am Montag ist die Oma grantig. Sie zetert beim Frühstück, weil Rosalinde mit Brotbröseln herumspielt. Sie schimpft am Mittag, weil Rosalinde die schmutzigen Schuhe nicht am Türabstreifer abputzt. Sie empört sich über Rosalindes Hausarbeit. »Das ist schlampig geschrieben!«, ruft sie. »Mach das noch einmal!« Und sie weigert sich, Rosalinde das bisschen Geld für ein Donald-Duck-Heft zu geben. »Wer so schlampig die Hausarbeit macht«, sagt sie, »der braucht kein Heft!«

Am Dienstag ist die Oma lustig. Sie bemerkt überhaupt nicht, dass Rosalinde mit den Brotbröseln herumspielt. Sie wischt, ohne zu murren, die dreckigen Fußspuren vom Vorzimmerboden. Sie lobt die verschmierte, verkleckste, radierte Hausarbeit von Rosalinde und schenkt ihr Geld für einen Doppel-Sonder-Donald-Duck-Band.

Kann man die Montag-Oma wirklich genauso lieb haben wie die Dienstag-Oma?

Das kann ich nicht, das ist unmöglich, denkt Rosalinde.

»Am Montag hat die Oma arges Kreuzweh gehabt«, sagt der Opa.

»Am Dienstag waren die Schmerzen wie weggeblasen«, sagt der Papa.

»Die Oma ist lustig, wenn es ihr gut geht, und grantig, wenn es ihr schlecht geht«, sagt die Mama.

Dann sollte Rosalinde die grantige Montag-Oma eigentlich noch ein bisschen lieber haben als die lustige Dienstag-Oma. Wegen der Schmerzen. Weil sie am Montag so arm dran war.

Aber Rosalinde wird ja auch nicht jeden Tag von jedem gleich lieb gehabt. Und wenn es ihr schlecht geht, wird sie auch nicht mehr lieb gehabt als an anderen Tagen.

Wirklich nicht! Da können sie alle sagen, was sie wollen, jeder in der Familie hat Rosalinde an jedem Tag verschieden lieb.

Und manchmal, denkt Rosalinde, haben sie mich gar nicht lieb.

Am letzten Mittwoch hat niemand Rosalinde lieb gehabt! Nicht einmal der Opa.

Am letzten Mittwoch war das so:

Rosalinde stieg leider mit dem linken Bein zuerst aus dem Bett. Wenn man mit dem linken Bein zuerst aus dem Bett steigt, bekommt man Ärger und Kummer. Das wissen alle abergläubischen Leute. Rosalinde weiß das auch.

Der erste Mittwoch-Ärger kam gleich dreißig Sekunden nach dem Aufstehen. Rosalinde wollte aufs Klo. Ganz dringend. Sie rannte aus ihrem Zimmer und um die Vorzimmerecke zur Klotür. Ihre Augen waren leider noch nicht ganz offen. Rosalindes Augen sind kurz nach dem Aufwachen schmale, mit Sandmännchen-Sand verklebte Schlitze. Rosalinde sah deshalb den Kleiderständer nicht, der mitten im Vorzimmer stand. Wo er wirklich nicht hingehört. Der gehört in die hinterste Vorzimmerecke, neben den Spiegel.

Rosalinde lief mit Höchstgeschwindigkeit in den Kleiderständer hinein und rammte sich den Griff vom Regenschirm, der dort hing, mitten ins Hirn.

Rosalinde brüllte los. Am frühen Morgen verträgt ihr Hirn keine Regenschirmgriffe.

Der Kleiderständer kippte um.

Die Mama kam aus der Küche.

»O Gottchen, o Gottchen«, sagte die Mama, »mach doch nicht wegen jeder Kleinigkeit so ein Geschrei!« Die Mama schaute Rosalindes Stirn an. »Nicht einmal eine Beule hast du!«

Als ob nur Beulen wehtun könnten!

Rosalinde gab dem liegenden Kleiderständer einen Fußtritt.

»Idiotischer, blöder Drecksständer!«, schrie sie.

»Spinnst du, sag einmal, bist du verrückt geworden?«, rief die Mama. Und dann verlangte die Mama, Rosalinde sollte den Kleiderständer wieder aufstellen und die Jacken und Mäntel, die jetzt am Fußboden lagen, die sollte sie wieder an die Kleiderständerhaken hängen.

Rosalinde hielt sich die Stirn und fauchte: »Das soll der Trottel tun, der das blöde Ding mitten ins Vorzimmer gestellt hat!«

Rosalinde gab dem Kleiderständer noch einen Tritt und stieg dann über ihn drüber, zur Klotür. Die Klotür war verriegelt. Rosalinde rüttelte an der Türklinke. Sie rüttelte ziemlich kräftig.

»Aufhören! Was soll das! Wenn ich fertig bin, geh ich ohnehin raus!«, brüllte der Papa aus dem Klo.

»Ich muss aber hinein!«, schrie Rosalinde. »Ich muss aber sofort hinein!« Sie rüttelte wieder an der Klinke.

Der Papa kam aus dem Klo.

»Warum bist du denn heute so ein fürchterlicher Giftzwerg?«, fragte er und zog den Hosenzipp hoch. »So was von einem Giftzwerg ist ja entsetzlich!«

Wenn Rosalinde etwas im Leben nicht leiden kann, dann ist es das Wort »Giftzwerg«.

»Giftriese«, das könnte ja noch angehen. Ein Giftriese ist etwas Großes, Böses, Schreckliches. Aber »Giftzwerg«, das ist gemein. Das macht ihre Wut und ihren Zorn und ihren Schmerz lächerlich und winzig. Das heißt: Dich nimmt doch keiner ernst! Du bist nicht zum Fürchten, nicht zum Mitleidhaben! Du bist zum Auslachen!

Rosalinde ging ins Klo. Sie wollte die Klotür ein bisschen zuwerfen. Die Klotür sauste ins Schloss, dass der Vorzimmerschrank wackelte. Und in der Wohnung unter Rosalindes Wohnung zitterte jetzt garantiert die Lampe im Vorzimmer. Und der Mann, der in dieser Wohnung wohnt, der mag das nicht. Der schreibt dann an die Hausverwaltung einen Brief und beschwert sich. Und die Hausverwaltung schreibt dann dem Opa einen Brief, in dem sie die Beschwerde weiterleitet. Und der Opa hält Rosalinde den Brief unter die Nase und sagt, dass er wegen ihr nichts als Schwierigkeiten bekommt.

Rosalinde möchte gar nicht mehr aus dem Klo heraus. Sie kennt das schon! Sie weiß genau, wie dieser fürchterliche Morgen weitergehen wird.

Der fürchterliche Morgen wird so weitergehen, dass alle in der Familie Rosalinde »mit Verachtung strafen« werden. Sie werden nichts mehr mit ihr reden. Sie werden so tun, als ob Rosalinde gar nicht da wäre. Nicht einmal antworten werden sie, wenn Rosalinde etwas fragt. Luft wird sie sein! Dünne, durchsichtige Luft!

Rosalinde hatte vollkommen recht!

Sie kam aus dem Klo, und der Kleiderständer stand wieder in der hintersten Ecke beim Spiegel. Die Mäntel und Jacken und Regenschirme hingen wieder an den Haken.

Die Mama, der Papa, der Opa und die Oma saßen in der Küche und frühstückten. Rosalinde ging auch in die Küche. Sie setzte sich an den Küchentisch. Niemand schenkte ihr Kakao ein, niemand fragte, ob sie eine Buttersemmel mit Honig oder eine Buttersemmel mit Marmelade wolle.

Rosalinde beschloss, überhaupt kein Frühstück zu wollen. Sie stand wieder auf. Sonst, an Tagen, wo man Rosalinde lieb hat, lässt das keiner in der Familie zu.

Da ruft die Mama: »Rosi, du brauchst doch was in den Magen!« Da sagt die Oma: »Trink wenigstens ein Schlückchen Kakao!« Da bittet der Opa:

»Beiß ein Eckerl von meinem Brot ab!« Da lacht der Papa und sagt: »Mit leerem Magen, mein Schatz, wirst du die Schule nicht durchstehen!«

An diesem Linken-Fuß-Mittwoch sagte niemand auch nur ein Wort, als Rosalinde aus der Küche ging. Nicht einmal die Katze, die im Vorzimmer auf dem Telefontischchen saß, ließ sich von Rosalinde streicheln. Die Katze machte »mauz« und einen Buckel und hüpfte vom Telefontisch und lief ins Wohnzimmer.

»Blödes Viech!«, rief Rosalinde hinter der Katze her. »Idiotisches Trottelbiest!«

Verbittert marschierte Rosalinde in ihr Zimmer. Sie setzte sich auf den Schreibtischstuhl und überlegte: Wenn ich da hocken bleibe, dann müssen sie mit mir reden. Dann müssen sie kommen und sagen: »Rosalinde, zieh dich sofort an, beeil dich doch, sonst kommst du zu spät in die Schule!«

Spätestens um halb acht, überlegte Rosalinde, müssen sie hereinkommen.

Rosalinde beobachtete den Wecker auf dem Nachtschrank. Vier Minuten vor halb acht war es jetzt. Und sie hockte da, im Nachthemd, ungewaschen, unfrisiert.

Fünf Minuten nach halb acht hockte Rosa-

WC

linde noch immer ungewaschen und unfrisiert im Nachthemd auf dem Bett. Nun war es sonnenklar: Niemand – nicht einmal der Opa – wollte etwas mit ihr zu tun haben. Allen war es ganz gleichgültig, ob sie zu spät in die Schule kam.

Das war gemein. Das war der Gipfel der Gemeinheit!

Rosalinde stand auf, zog das Nachthemd aus und die Kleider von gestern an, die neben ihrem Bett lagen. Mit allen zehn Fingern fuhr sie sich durch die langen, braunen Haare. Sie nahm die Schultasche und ging ins Vorzimmer und holte den Mantel vom Kleiderständer.

Niemand rief: »Ungewaschen und unfrisiert gehst du nicht weg, mein Kind!«

Schmutzig, verstruwwelt und verlottert lassen die mich aus dem Haus gehen, dachte Rosalinde. Wie es mir geht, lässt sie kalt, kalt wie Hering in Aspik!

Und warum? Weil ich mir den Kopf an dem verdammten Kleiderständer angeschlagen habe und weil mir die Klotür aus der Hand gerutscht ist! Eine Familie, die einen wegen zwei solcher Kleinigkeiten nicht mehr lieb hat, ist eine gemeine Familie!

Rosalinde verließ die Wohnung, und die Wohnungstür rutschte ihr wieder ein bisschen aus der Hand.

Rosalinde stieg die Treppen hinunter. Der Zorn und die Wut waren jetzt weg. Sie war nur noch traurig. Sehr traurig. Ungeheuer traurige Gedanken waren in ihrem Kopf.

Die Gedanken waren so:

Aber wenn ich tot bin, wenn ich mucksmausetot bin, dann werden sie um mich weinen. Dann wird es ihnen leidtun! Aber dann wird es leider zu spät sein!

Den ganzen Schulweg über, den Rosalinde allein gehen musste, weil sie so spät dran war, malte sie sich diese todtraurigen Gedanken genau aus.

Da war die Friedhofskapelle, und mitten in der stand ein kleiner Sarg, bedeckt mit einem silbernen Leichentuch. Rund um den Sarg waren Kränze aus rosa Rosen und lila Lilien und violetten Veilchen und hellgelben Himmelschlüsseln. Schneeweiße Kranzschleifen mit goldener Schrift waren zwischen dem Blumenmeer. Darauf stand: VON DEINEN ERSCHÜTTERTEN ELTERN – DEINEN GEBROCHENEN GROSSELTERN – WIR VERGESSEN DICH NIE! – Sogar der Mann von der Wohnung unter ihnen, der mit der zitternden Lampe und den Beschwerdebriefen, hatte einen Kranz geschickt.

Rund um den Sarg und die Blumen herum standen viele Leute. Die hatten schwarze Kleider an und schwarze Hüte auf. Sie weinten. Sie schluchzten. Sie murmelten, dass das liebste, freundlichste, herrlichste Kind »von uns gegangen ist«. Am meisten schluchzten der Papa und die Mama, der Opa und die Oma. Die Mama schnüffelte in ein winziges Taschentuch: »Ohne ein freundliches Wort musste sie an jenem Morgen aus dem Hause! Ich war ein Unmensch!«

Dem Papa, der sonst nie weint, kullerten dicke Tränen über die eingefallenen Wangen. Mit dünner Stimme sagte er: »Und ich habe sie einen Giftzwerg genannt! Das werde ich mir nie verzeihen!«

Die Oma sagte gar nichts, weil sie vor lauter Schluchzen und Schnäuzen kein Wort herausbrachte, und der Opa war bleich wie ein frisch gewaschenes Leintuch und sprach mit feuchten Augen: »Das überlebe ich nicht. Rosalinde, ich folge dir demnächst!«

Gerade als Rosalinde überlegte, wie das Begräbnis nun weitergehen müsse, ob sie nun mausetot bleiben sollte oder ob sie die Güte haben sollte, den Sargdeckel zu heben, das Leichentuch wegzuschleudern und huldvoll zu sagen: »Da bin ich wieder, meine Lieben! Ich verzeihe euch und hoffe, dass ihr nun eingesehen habt, wie ungerecht und gemein ihr zu mir gewesen seid!« – gerade in diesem Augenblick packte jemand Rosalinde fest und hart an den Schultern.

Das war der Polizist, der jeden Morgen an der Ecke steht, und der rief: »Augen auf, Mädchen! Rot ist die Ampel! Zum Sterben bist du noch zu jung!«

Rosalinde war ziemlich erschrocken. Sie zitterte ein bisschen. Schwindlig wurde ihr auch. Vielleicht, weil sie kein Frühstück im Bauch hatte, vielleicht, weil sie an Polizistenhände auf den Schultern nicht gewöhnt war.

»Und jetzt ist es längst wieder Grün! Schlaf doch nicht im Stehen!«, sagte der Polizist.

Rosalinde nickte dem Polizisten zu, wanderte über den Zebrastreifen, hörte zu zittern auf, und schwindlig war ihr auch nicht mehr. Sie marschierte weiter der Schule zu und dachte nicht mehr an ihr Begräbnis, sondern an ihren Tod!

Na klar! Ein Verkehrsunfall auf dem Schulweg! Das war es! Der musste noch vor dem wunderschönen Begräbnis stattfinden!

So ein Verkehrsunfall findet so statt:

Von rechts kommt die Straßenbahn, ohne zu bimmeln, dahergefahren. Von links braust ein blauer Sportwagen an, ohne zu hupen. Warum sollen die beiden auch hupen und bimmeln?

Sie haben ja grünes Licht. Das sieht jeder. Nur Rosalinde, die an der Kreuzung steht, sieht das nicht. Wer so viel Kummer im Kopf hat wie Rosalinde, der kann nicht nach Verkehrsampeln ausschauen. Der kann nichts denken als: KEINER LIEBT MICH, NIEMAND MAG MICH, ICH BIN TODUNGLÜCKLICH!

Mit tränenblinden Augen stolpert Rosalinde also vom Gehweg auf die Straße hinunter, auf die Straßenbahn und den blauen Sportwagen zu. Und der Polizist an der Ecke, der schaut gerade in die entgegengesetzte Richtung, weil da ein Fräulein mit wunderschönen Beinen auf hohen Stöckeln dahinspaziert. Der Polizist hat was übrig für wunderschöne Fräuleinbeine. Die Straßenbahn bremst. Der Mann im blauen Sportwagen bremst auch. Das quietscht und kreischt entsetzlich. Eine Frau an der Ecke quietscht und kreischt noch lauter als die Straßenbahn und der Sportwagen zusammen.

An der Straßenbahn kommt Rosalinde gerade noch vorbei. In den blauen Sportwagen rennt sie hinein. Sie wird hochgeschleudert, wirbelt durch die Luft und schlägt dann hart aufs Straßenpflaster. Sie sieht nichts mehr, sie spürt nichts mehr, sie hört nur noch ein bisschen.

»Rettung rufen!«, hört sie.

»Da nützt keine Rettung mehr!«, hört sie.

»Mein Gott, das ist ja die Rosalinde, das netteste Kind der ganzen Gegend!«, hört sie.

»Die Eltern, die armen, die werden zusammenbrechen!«, hört sie. Dann hört sie nichts mehr. Dann ist sie tot.

Rosalinde seufzte. Tief und traurig. Sterbendenken nimmt einen sehr mit.

Und jetzt fing es auch noch zu regnen an!

Rosalinde lief auf das Schulhaus zu. Neben dem Schultor, an die Mauer gelehnt, stand der Fredi.

»Rosalinde, Rosilein«, rief er. »Dass du endlich kommst! Ich habe schon gedacht, du könntest krank sein!«

Rosalinde schaute den Fredi an.

»Oder bist du vielleicht krank?«, fragte der Fredi. »Du siehst nämlich richtig elend aus. So wie mein kleiner Bruder, knapp bevor er die Masern bekommen hat. Ehrlich!« Der Fredi griff nach Rosalindes Hand. Rosalindes Hand war kalt.

»Aber Fieber hast du gottlob keines«, sagte der Fredi und freute sich. »Für richtige Masern braucht man nämlich Fieber«, erklärte er.

»Ich kann keine Masern bekommen, weil ich Masern schon gehabt habe«, sagte Rosalinde und beschloss bei sich, doch nicht zu sterben. Das konnte sie dem Fredi nicht antun! Der Fredi war so besorgt um sie. Der Fredi hatte sie lieb. Und der Fredi brauchte sie auch. Wer sollte dem Fredi vorsagen, wenn er aufgerufen wurde und Rosalinde tot war? Wer sollte den Fredi bei den Rechenarbeiten abschreiben lassen, wenn Rosalinde auf dem Friedhof lag?

Rosalinde ging mit dem Fredi in die Schule hinein. Sie stiegen die Treppe in den ersten Stock hinauf. Im Schulhaus war es sehr still. Keine Kinder waren auf den Gängen.

»Rosilein, ich glaube, jetzt kommen wir zu spät«, flüsterte der Fredi.

»Macht auch nichts«, sagte Rosalinde und zuckte mit den Schultern. Wer gerade gestorben und fast begraben worden ist, dem macht ein bisschen Zuspätkommen wirklich nichts aus.

Vor der Klassentür blieb der Fredi stehen.

»Übrigens«, sagte er zu Rosalinde, »wie ist das mit heute Nachmittag? Hast du deine Mama gefragt, ob ich zu dir kommen darf?«

Rosalinde schüttelte den Kopf. »Konnte ich

nicht«, sagte sie. »Die hatten heute in der Früh alle eine Stinkwut auf mich. Die haben gar nicht mit mir geredet. Kein Wort!«

»Dann darf ich also nicht kommen?« Die Stimme vom Fredi klang traurig.

»Aber natürlich kommst du!«, rief Rosalinde so laut, dass es im leeren Schulgang richtig hallte.

»Natürlich kommst du! Bis heute Mittag sind die längst wieder gut mit mir! Eisern! Nachtragend ist meine Familie nicht!«

Rosalinde machte die Klassentür auf.

Der Huber Pepi stand an der Tafel und setzte IE in Wörter ein, die die Frau Lehrerin auf die Tafel geschrieben hatte.

»Aber Pepi!«, rief die Frau Lehrerin gerade entrüstet, weil der Huber Pepi zwischen ST und FEL ein IH hineingemalt hatte.

Dann schaute die Lehrerin zur Tür hin, sah Rosalinde und Fredi und fragte: »Na, was ist mit euch zwei?«

Rosalinde senkte zerknirscht den Kopf und sagte: »Bitte, wir haben verschlafen.«

»Na schön!«, seufzte die Frau Lehrerin. »Das kann vorkommen. Hauptsache, dass ihr bei der Wahrheit bleibt! Ein Kind, das zu spät kommt, weil es verschlafen hat, ist mir lieber als ein Kind, das mit einer dummen Ausrede daherkommt!«

Rosalinde ging zu ihrem Pult.

Wahrheit, dachte Rosalinde.

Ausrede, dachte Rosalinde.

Wenn die wüsste, dachte Rosalinde.

Rosalinde setzte sich, räumte die Schultasche aus, legte Bleistifte und Hefte auf das Pult und dachte: Vielleicht hätte ich die Wahrheit sagen sollen! Hätte ich sagen sollen: Zuerst war der Kleiderständer am falschen Fleck, dann ist mir die Klotür aus der Hand gerutscht, danach bin ich begraben worden, und hinterher bin ich totgefahren worden, und dann …

»Rosalinde«, rief die Frau Lehrerin. »Was ist denn? Du schläfst ja anscheinend noch immer!«

»Bitte, ich habe nicht geschlafen, ich habe gedacht!«, antwortete Rosalinde.

»Und was hat du gedacht?«, fragte die Frau Lehrerin.

Rosalinde stand auf und wurde ein bisschen rot im Gesicht. Aber dann sagte sie: »Ich habe darüber nachgedacht, wie das mit der Wahrheit ist!«

Erstaunt schaute die Frau Lehrerin Rosalinde an. Dann bekam sie eine dicke Falte über der Stirn, schüttelte unwillig den Kopf und sprach: »Aber Rosalinde, wir sind jetzt bei den IEs. Wahrheit hat doch ein stummes H! Darüber unterhalten wir uns nächste Woche!«

Rosalinde nickte und dachte: Manchmal ist es so, dass einen die Erwachsenen direkt vom Nachdenken abhalten. Als ob sie etwas gegen das Denken hätten!

Christine Nöstlinger, 1936 in Wien geboren, gehört zu den erfolgreichsten Kinder- und Jugendbuchautoren der Gegenwart. Sie wurde u. a. mit dem Deutschen Jugendliteraturpreis, dem Österreichischen Staatspreis und dem Hans-Christian-Andersen-Preis ausgezeichnet. Für ihr Gesamtwerk erhielt sie als erste Preisträgerin den hoch dotierten Astrid-Lindgren-Gedächtnispreis. In der Begründung der Jury hierfür heißt es: »Christine Nöstlinger ist eine wahre Nichterzieherin im Sinne Astrid Lindgrens. Ihre vielseitige und äußerst engagierte Tätigkeit als Schriftstellerin ist geprägt von respektlosem Humor, scharfsinnigem Ernst und stiller Wärme, und sie steht vorbehaltlos auf der Seite der Kinder und Außenseiter.«